3 Mai 1904

Marqué PN

COLLECTION ROUGIER

Collection Rougier, de Lyon

OBJETS DE HAUTE CURIOSITÉ

Et d'Ameublement

DU XVIe SIÈCLE

CONDITIONS DE LA VENTE

Elle sera faite au comptant.

Les acquéreurs paieront *dix pour cent* en sus des prix d'adjudication.

L'exposition mettant le public à même de se rendre compte de l'état et de la nature des objets, aucune réclamation ne sera admise une fois l'adjudication prononcée.

Paris. Imp. Georges Petit. — 14185-04.

CATALOGUE

DES

Objets de Haute Curiosité

ET D'AMEUBLEMENT

ANCIENNES PORCELAINES DE CHINE

FAIENCES — ÉMAUX — IVOIRES — OBJETS VARIÉS

Tableaux de l'École Française

PASTEL DE PERRONNEAU

Bronzes — Pendules — Bois sculptés

BUSTE EN MARBRE PAR CHINARD

SIÈGES & MEUBLES DU XVIᵉ SIÈCLE

Tapisseries des XVIᵉ et XVIIIᵉ siècles

COMPOSANT LA

COLLECTION ROUGIER, DE LYON

ET DONT LA VENTE AURA LIEU, A PARIS

GALERIE GEORGES PETIT, 8, Rue de Sèze

Les Mardi 3 et Mercredi 4 Mai 1904

à deux heures

COMMISSAIRE-PRISEUR	EXPERTS
Mᵉ PAUL CHEVALLIER	**MM. MANNHEIM**
10, rue Grange-Batelière, 10	7, rue Saint-Georges, 7

EXPOSITIONS

PARTICULIÈRE : *Le Dimanche 1er Mai 1904, de 1 h. 1/2 à 5 h. 1/2.*
PUBLIQUE : *Le Lundi 2 Mai 1904, de 1 h. 1/2 à 5 h. 1/2.*

ORDRE DES VACATIONS

Le Mardi 3 Mai 1904

Catégorie	Nos
Grès, Faïences	1 à 28
Porcelaines	29 à 52
Émaux	53 à 62
Ivoires	63 à 77
Objets variés	78 à 105
Tableaux	106 à 116
Bronzes, Pendules	117 à 139

Le Mercredi 4 Mai 1904

Catégorie	Nos
Bronzes, Pendules (*suite*)	140 à 156
Sculptures	157 à 175
Sièges	176 à 195
Meubles	196 à 233
Étoffes, Tapisseries	234 à 249

PRÉFACE

LORSQU'ON pénétrera à la galerie Georges Petit, pendant les journées d'exposition de la Collection Rougier, on aura une sensation adéquate à celle qui s'éveille en vous dans un musée, j'entends un musée formé pour la plus grande jouissance des délicats et pour l'éducation du goût des gens qui, à défaut d'une érudition renseignée, ont la soif de comprendre ce que fut la portée esthétique d'une époque, et aussi l'âme de cette époque.

La Collection Rougier peut prétendre à cette qualité d'éducatrice, et les objets de haute curiosité et d'ameublement dont elle se compose nous disent avec une incomparable splendeur — pour ne citer qu'une de ses séries — la robuste puissance des huchiers du XVIe siècle. Depuis cinquante ans, tous ceux qui ont écrit sur cette matière, si glorieuse pour l'art national, ont dû aller chercher des modèles et des exemples chez le collectionneur lyonnais : M. de Champeaux, pour son ouvrage sur le Meuble, *M. Henry Havard, pour son* Dictionnaire de l'Ameublement et de la Décoration, *le signataire de ces lignes pour ses études sur* les Styles, *et d'autres encore, s'en furent interroger les merveilles de la Collection Rougier. Quelle leçon d'équilibre et d'harmonie dans la conception ! Quelle magnifique clarté dans l'arrangement du décor ! Quelle perfection savante — et savante sans pédanterie — dans la pratique professionnelle ! Quel respect et quel amour de la matière, la matière noble magnifiée par le travail !*

Quand je regarde ces tables, ces coffres, ces chaires, ces meubles à deux corps, qui meublent sans encombrer et qui sont pour l'œil une caresse, il me semble que ce serait les profaner que de les remettre dans l'utilité courante de la vie contemporaine : ils évoquent autour d'eux tout un passé dont l'extériorité ne nous apparaît qu'en décor, et un décor qui nous enchante.

Ils nous expliquent ce que fut l'individualisme au temps de la Renaissance, alors que l'état social permettait aux artistes l'évolution individuelle de leur tempérament. Il y avait la Cour, avec ses encouragements spéciaux ; il y avait la noblesse, susceptible, surtout dans les provinces, d'un éclat manifesté par un goût particulier ; et il y avait la bourgeoisie, riche souvent et disposée à des sacrifices d'argent pour la satisfaction de son bien-être ou le simple agrément de son orgueil. Et les générations se succédaient dans des intérieurs, empruntant aux nécessités de l'existence, aux nécessités également d'une représentation réglée par la situation sociale, une formule d'art décoratif où se réfléchissait, comme en un miroir, le caractère de l'époque. On sait, de reste, que la concurrence entretenait dans les corporations une émulation sans cesse en progrès, et l'on s'explique comment les huchiers-menuisiers, dans la fièvre du mieux qui embrasait les écoles rivales, surent créer des chefs-d'œuvre, — tels ceux que possède la Collection Rougier, — devant lesquels on épuiserait inlassablement toutes les formules d'admiration.

Et pourtant, ce sentiment presque religieux devant les reliques du passé, ce sentiment que j'indiquais au début de ces lignes, Marc-Antoine Rougier semble s'en être défendu. Il leur demandait plus qu'une joie contemplative ; il les réintégrait dans la vie, et il s'en entourait, non seulement pour les voir, mais pour s'en servir. Il n'avait pas fait de sa collection un musée ; il en avait fait le cadre de son activité, les compagnons de son goût, les témoins de ses efforts et de sa patience. Il avait connu les commencements laborieux d'un dessinateur de fabrique, avant de devenir, de 1850 à 1862, l'un des chefs d'une des plus importantes maisons de soieries de son temps, et il avait appris par une longue étude à aimer cette Renaissance, à laquelle l'école lyonnaise, en lutte avec l'école de Bourgogne, a donné des gages si éclatants de vitalité.

Je ne crois pas que jamais un plus bel exemple ait été formé ; tout y apparaît en un accord parfait : les meubles, les tapisseries, les sièges, les anciennes porcelaines, les faïences, les émaux, les ivoires, les bronzes, jusqu'aux quelques œuvres de peinture ou de pastel qu'on y rencontre, sont des pièces rares qui concouraient à la prestigieuse ordonnance de la symphonie. On sent qu'une seule volonté, une seule pensée directrice a lentement élaboré le programme de cette fête d'art; et les héritiers de M. Rougier, décédé au printemps de 1873, ont fait preuve de tact et de respect à la mémoire du collectionneur, en n'introduisant dans l'ensemble qu'il avait constitué aucun objet nouveau.

Mais l'heure est venue où tout va se disperser : et je prévois, pour cette heure attendue, un concours tout spécial des fervents de notre XVIe siècle. Qui sait si, parmi les meubles incomparables, les bois que les siècles ont patinés comme de vieux ivoires, les faïences, il ne se trouve pas des pièces sur lesquelles posèrent les regards de ces personnages que l'Exposition des Primitifs français, organisée en ce moment, arrache de leur long oubli.

Il est toujours imprudent de jouer les prophètes ; mais, en ce qui concerne la Collection Rougier, je crois que les prophéties n'offrent aucun danger ; et j'entends, par avance, la bataille des chiffres autour du Baiser de paix, *émail sorti de l'atelier des Pénicaud ; autour des ivoires du XVIe siècle, plaques, diptyques et groupes d'une si belle conservation ; autour des portraits de Perronneau et de Rigaud, autour de la curieuse horloge allemande dant le cadran est soutenu par un griffon ; autour, enfin, des deux chaires et des deux caqueteuses au décor si léger, des coffres si variés de signification d'école, — tels ces deux coffres de mariage, œuvres incomparables de l'école lyonnaise, alors qu'elle subissait l'influence italienne, si curieux avec leurs incrustations d'ivoire qui chantent comme de l'or pâli dans les fibres du bois, — des tables si belles avec leurs mascarons et leurs* *masques chimériques, des meubles à deux corps, dont on lit les panneaux imagés comme on lirait les pages de l'*Ancien Testament *ou des* Métamorphoses *d'Ovide ; autour encore de ces tapisseries, si parfaites en leurs riches bordures.*

Mais je m'arrête : on serait, devant un si bel ensemble, tenté de tout citer, et quelque regret qu'on en ait, il convient de se borner. C'en est assez, toutefois, pour indiquer l'importance de l'événement qui se prépare : encore quelques jours, il n'y aura plus de Collection Rougier : mais j'imagine que, pour tous les chefs-d'œuvre qui la composent, ce sera un titre précieux de noblesse que d'y avoir figuré.

L. ROGER-MILÈS.

Avril 1904.

DÉSIGNATION

GRÈS — FAIENCES

1 — Petit pot à une anse en grès gris et violet, orné d'une rangée de disques. XVIe siècle.

Haut., 10 cent.

2 — Cruche en grès gris et bleu, ornée d'une frise à petits mascarons. Raeren, XVIe siècle.

Haut., 18 cent.

3 — Petit pot à une anse en grès gris et bleu, semé de petits motifs. Raeren, XVIe siècle.

Haut., 10 cent.

4 — Cruche en grès gris et bleu, à feuillages et mascarons. Raeren, XVIe siècle.

Haut., 22 cent.

5 — Cruche en grès gris et bleu, décorée d'une frise présentant des arquebusiers. Raeren, commencement du XVIIe siècle.

Haut., 24 cent.

6 — Cruche en grès gris, bleu et violet, aux armes de France. XVIe siècle.

Haut., 20 cent.

7 — Plat, décoré de deux oiseaux et de fleurs. Ancienne faïence de Rhodes.

Diam., 31 cent.

8 — Plat, décor à reflets métalliques : feuillages. Ancienne faïence hispano-mauresque.

Diam., 40 cent.

9 — Plat, décoré en bleu avec reflets métalliques, motifs rayonnants et larges feuilles. Ancienne faïence hispano-mauresque.

Diam., 39 cent.

10 — Deux cornets, à décor bleu avec reflets métalliques, petites feuilles. Ancienne faïence hispano-mauresque.

Haut., 28 cent.

11 — Vase a pans avec couvercle, décoré de fleurs et lambrequins en bleu. Ancienne faïence de Delft.

Haut., 30 cent.

12 — Grand plat rond, décor en bleu, armoiries. Faïence du Midi.

Diam., 55 cent.

13 — Fontaine-applique et son bassin, décorés de motifs de rocailles, de dauphins et d'une figure d'enfant nu. Faïence blanche du Midi.

Larg., 50 cent.

14 — Plateau rond : Persée et Andromède. Faïence de la suite de Palissy.

Diam., 25 cent.

15 — Plat ovale, décoré en bleu d'un sujet de chasse, d'après *Tempesta*. Ancienne faïence de Moustiers.

Grand diam., 57 cent.; petit diam., 45 cent.

16 — Dix pièces : assiettes et compotiers à décor de paysages animés. Ancienne faïence de Marseille.

Diam., 22 et 24 cent.

17 — Deux petits cache-pots décorés de fleurs, anses-branchages. Ancienne faïence de Marseille.

Haut., 10 cent.

18 — Jardinière oblongue, à couvercle ajouré, décorée de guirlandes de fleurs. Ancienne faïence de Lorraine.

Haut., 17 cent.; larg., 21 cent.

19 — Deux statuettes : paysan et paysanne debout auprès d'un vase. Ancienne faïence de Lorraine.

Haut., 20 cent.

20 — Coupe sur piédouche, décorée en bleu avec reflets métalliques : monogramme du Christ. Ancienne faïence de Deruta.

Haut., 8 cent.; larg., 22 cent.

21 — Plat, buste de femme; marli à compartiments. Ancienne faïence de Faenza.

Diam., 42 cent.

22 — Plat, décoré, au centre, du sujet de saint Jérôme dans le désert; marli à compartiments. Ancienne faïence de Faenza.

Diam., 39 cent.

23 — Deux vases de pharmacie, décorés de bustes, sur fond gros-bleu chargé de fleurs. Ancienne faïence de Castel-Durante.

Haut., 28 et 25 cent.

24 — Vase, décoré de trophées en camaïeu jaune, sur fond gros-bleu, avec médaillon en couleurs. Ancienne faïence de Castel-Durante.

Haut., 31 cent.

25 — Deux cruches de pharmacie à décor de personnages mythologiques sur fond de paysages. Ancienne faïence d'Urbino.

Haut., 22 cent.

26 — Vase avec couvercle et à anses-torsades : décor en bleu, Loth et ses filles, l'Ivresse de Noé. Ancienne faïence italienne.

Haut., 37 cent.

27 — Coupe décorée en bleu ; au fond, Vénus et l'Amour ; à la chute, des grotesques. Ancienne faïence italienne.

Diam., 31 cent.

28 — Plat à décor gravé sur engobe, rosace et feuillages. Ancienne terre de la Frata.

Diam., 35 cent.

PORCELAINES

29 — Plat, orné de trois vases de fleurs avec animaux au marli. Ancienne porcelaine de Chine. Famille verte.

Diam., 33 cent.

30 — Plat creux, décoré d'ustensiles et d'attributs. Ancienne porcecelaine de Chine. Famille verte.

Diam., 34 cent.

31 — Plat creux, décoré de feuilles d'eau, en ancienne porcelaine de Chine. Famille verte.

Diam., 39 cent.

32 — Deux vases cylindriques, décorés de branches fleuries et de lambrequins, à fond rouge. Ancienne porcelaine de Chine. Famille verte.

Haut., 26 cent.

33 — Pot ovoïde avec couvercle, décor de rochers fleuris et d'ustensiles. Ancienne porcelaine de Chine. Famille verte.

Haut., 18 cent.

34 — Bassin rond, décoré de fleurs et de papillons. Ancienne porcelaine de Chine. Famille rose.

Diam., 41 cent.

35 — Deux grands vases-lancelles, décorés de nombreux personnages sur la panse et sur le col. Ancienne porcelaine de Chine. Famille rose.

Haut., 78 cent.

36 — Vase à deux anses, personnages en bleu. Ancienne porcelaine de Chine.

Haut., 24 cent.

37 — Pot ovoïde avec couvercle, décor en bleu, branches fleuries avec encadrements cailloutés. Ancienne porcelaine de Chine.

Haut., 19 cent.

38 — Gourde, décorée d'oiseaux et de lambrequins en bleu. Ancienne porcelaine de Chine.

Haut., 24 cent.

39 — Pot ovoïde avec couvercle, décoré de branchages en bleu. Ancienne porcelaine de Chine.

Haut., 19 cent.

40 — Coupe, décorée de fleurs, en ancienne porcelaine de Chine.

Diam., 28 cent.

41 — Vase-lancelle, décoré, en bleu, d'animaux chimériques. Ancienne porcelaine de Chine.

Haut., 47 cent.

42 — Deux cornets cylindriques, décor en bleu, scènes familiales. Ancienne porcelaine de Chine.

Haut., 48 cent.

43 — Deux cache-pots, décorés de rinceaux fleuris en bleu. Ancienne porcelaine de Chine. Monture en bronze doré, à anses-mufles de lions, en partie du temps de Louis XIV.

Haut., 20 cent.; diam., 24 cent.

44 — Corbeille ovale et son plateau, en ancienne porcelaine de la Compagnie des Indes; pourtours ajourés; décor de fleurs.

Diam., 25 cent.

45 — Deux gourdes à double renflement, décor de personnages avec fleurs en relief en bleu, rouge et or. Ancienne porcelaine du Japon.

Haut., 32 cent.

46 — Potiche avec couvercle, décorée en bleu, rouge et or : arbustes, fleurs et lambrequins. Ancienne porcelaine du Japon.

Haut., 65 cent.

47 — DEUX BOUTEILLES, décorées de branches fleuries dans des compartiments en couleurs. Ancienne porcelaine du Japon.

Haut., 22 cent.

48 — CABARET composé d'une théière, d'une cafetière, d'un pot à lait, d'un flacon à thé avec couvercles, d'un bol, d'un petit plateau, de huit tasses à thé, de quatre tasses à café et de douze soucoupes à décor de médaillons contenant des paysages et des marines. Ancienne porcelaine de Saxe, époque Marcolini.

Hauteur de la cafetière, 27 cent.

49 — LÉGUMIER avec couvercle, à décor de fleurs avec hachures bleues. Ancienne porcelaine tendre de Sèvres.

Larg., 27 cent.

50 — ÉCUELLE avec couvercle et plateau, en ancienne porcelaine tendre de Sèvres, décorée, en camaïeu carmin, de fleurs et d'amours tenant divers attributs. Sous l'écuelle, la date : *1763*.

Largeur du plateau, 26 cent.

51 — TASSE droite et sa soucoupe, en ancienne porcelaine tendre de Sèvres, ornées de fleurs sur fond gros-bleu chargé de rinceaux dorés. Année 1774; décor par *Tandart*.

Haut., 6 cent.

52 — PETIT POT A LAIT avec son couvercle, décoré d'une guirlande de fleurs. Ancienne porcelaine tendre de Mennecy.

Haut., 12 cent.

ÉMAUX

53 — Plaque oblongue, en cuivre champlevé et émaillé, présentant le sujet de la Visitation, composition de quatre personnages, sur fond chargé de rinceaux. XIIIe siècle. Travail limousin.

Haut., 9 cent.; larg., 14 cent.

54 — Chandelier en cuivre champlevé et émaillé de Limoges, XIVe siècle, à décor d'oiseaux, rinceaux et quartefeuilles.

Haut., 25 cent.

55 — Pyxide en cuivre champlevé et émaillé de Limoges; rinceaux et fleurons avec le monogramme du Christ.

Haut., 11 cent.

56 — Baiser de paix en bronze, orné d'une plaque : l'Adoration des Rois Mages, en émail peint de Limoges, atelier des Pénicaud.

Haut., 14 cent.; larg., 10 cent.

57 — Assiette en émail peint de Limoges, par Pierre Rémond; décor en grisaille et or, la Tour de Babel; revers à entrelacs.

Diam., 21 cent.

58 — Plaque de baiser de paix : la Vierge tenant l'Enfant Jésus et assise sur un trône. Émail peint de Limoges. Année 1557.

Haut., 11 cent.; larg., 9 cent.

59 — Plaque présentant un médaillon ovale : la Flagellation. Émail peint de Limoges, par Léonard II Limousin.

Haut., 15 cent.; larg., 12 cent.

60 — Plaque : le Christ crucifié, composition de nombreux personnages. Émail peint de Limoges. Fin du xvie siècle.

Haut., 14 cent.; larg., 10 cent.

61 — Coupe polylobée, décorée de fleurs et d'un buste d'empereur. Émail peint de Limoges. xviie siècle.

Diam., 15 cent.

62 — Petit vase avec couvercle et à anses-poissons, en ancien émail cloisonné de la Chine, à rinceaux sur fond bleu.

Haut., 20 cent

IVOIRES

63 — Petit diptyque en ivoire : la Mort et le Couronnement de la Vierge. Sujets disposés sous deux triples arcatures. xive siècle.

Haut., 9 cent.; largeur d'un volet, 6 cent.

64 — Plaque en ivoire sculpté, présentant, sous une triple arcature, le Christ crucifié. Composition de sept personnages. xive siècle.

Haut., 11 cent.; larg., 9 cent.

65 — Plaque en ivoire sculpté, présentant, sous des arcatures gothiques, quatre compositions : l'Annonciation, et trois groupes de martyrs. xive siècle.

Haut., 11 cent.; larg., 10 cent.

66 — Volet de diptyque en ivoire sculpté, offrant, sous une triple arcature gothique, la Vierge tenant l'Enfant Jésus, assise sur un trône et entourée d'anges. xive siècle.

Haut., 10 cent.; larg., 6 cent.

67 — Groupe en ivoire : Vénus debout tenant l'Amour à califourchon sur un taureau. Sur la base, divers attributs. Allemagne, fin du XVIe siècle.

Haut., 30 cent.

68 — Groupe en ivoire sculpté : la Vierge allaitant l'Enfant Jésus et reposant sur des nuages. XVIIe siècle.

Haut., 20 cent.

69 — Groupe en ivoire sculpté : la Vierge debout portant l'Enfant Jésus et foulant aux pieds le démon. XVIIe siècle.

Haut., 19 cent.

70 — Statuette, en ivoire sculpté : baigneuse debout s'enveloppant le corps d'une draperie. XVIIe siècle.

Haut., 17 cent.

71 — Statuette, en ivoire sculpté, d'homme nu debout, une draperie autour des reins. XVIIe siècle.

Haut., 32 cent.

72 — Figurine, en ivoire, de moine debout. XVIIe siècle.

Haut., 11 cent.

73 — Grattoir à poignée d'ivoire. XVIIe siècle.

Long., 26 cent.

74 — Couteau à poignée d'ivoire, piqué de cuivre ; gaine en cuir. XVIIe siècle.

Long., 30 cent.

75 — Christ, en ivoire sculpté, dans un cadre en bois doré, orné de larges feuilles et de quatre têtes de chérubins. XVIIe siècle.

Haut., 1 m. 25 ; larg., 70 cent.

76 — Fragment cylindrique, en ivoire sculpté, présentant une frise à sujets tirés de romans de chevalerie. Composition de personnages portant le costume du xive siècle.

Haut., 6 cent.; diam., 9 cent.

77 — Coffret rectangulaire en ivoire, avec traces de décor doré; rosaces et inscriptions. Ancien travail oriental.

Haut., 7 cent., larg., 18 cent.

OBJETS VARIÉS

78 — Petit groupe, en bois sculpté, Jupiter et Junon. xviie siècle.

Haut., 6 cent.

79 — Miniature représentant le sujet de la Nativité. xviie siècle. Encadrée.

Haut., 12 cent.; larg., 9 cent.

80 — Miniature ovale : portrait présumé de Louis XVII, dans un encadrement en bois sculpté aux armes de France, avec draperie fleurdelysée. Fin du xviiie siècle.

Haut., 22 cent.; larg., 17 cent.

81 — Miniature ronde : portrait de jeune femme assise, en corsage rayé. Signée : *David, Nizza*. Fin du xviiie siècle. Encadrée.

Diam., 65 millim.

82 — Boîte en écaille blonde, ornée d'une miniature en grisaille : portrait d'homme de profil, par *Sauvage*.

Diam., 7 cent.

83 — Chatelaine en or ciselé, médaillons à sujets pastoraux. Époque Louis XVI.

Haut., 12 cent.

84 — Montre en acier avec applications d'or, à sujets chinois. Cadran signé : *Klett à Sühl.* Fin du xviiie siècle.

Diam., 5 cent.

85 — Coffret porte-missel en fer, à décor de motifs gothiques. Commencement du xvie siècle.

Haut., 9 cent.; larg., 15 cent.

86 — Coffret porte-missel en fer, décoré d'un réseau gothique. Commencement du xvie siècle.

Haut., 9 cent.; larg., 14 cent.

87 — Porte-lumières à deux douilles en fer. xviie siècle.

Haut., 1 m. 56.

88 — Paire de chenets-boules en fer. xviie siècle.

Haut., 38 cent.

89 — Petit vase avec couvercle en étain, à décor d'entrelacs. xviie siècle.

Haut., 18 cent.

90 — Plateau rond en étain, à décor de rinceaux. xviie siècle.

Diam., 22 cent.

91 — Stylet en fer, poignée ornée d'un buste d'enfant. xviie siècle.

Long., 25 cent.

92 — Paire de petits pistolets à silex en bois et fer. xviiie siècle.

Long., 20 cent.

93 — Pulvérin en corne de cerf, présentant un personnage au milieu d'animaux. Allemagne, XVIIe siècle.

Haut., 17 cent.

94 — Coffret en bois incrusté d'ivoire gravé; décor de bustes, oiseaux, personnages et feuillages. Italie. Fin du XVIe siècle.

Haut., 9 cent.; larg., 23 cent.

95 — Boîte rectangulaire en ébène, incrustée d'ivoire, munie d'un tiroir sur le côté; décor de rinceaux. XVIIe siècle.

Haut., 11 cent.; larg., 49 cent.

96 — Boîte en velours rouge avec broderie métallique, décorée d'entrelacs et d'une arcade. XVIIe siècle.

Larg., 23 cent.

97 — Boîte en bois incrusté de nacre et de cuivre, à fleurs. XVIIIe siècle.

Long., 30 cent.; larg., 19 cent.

98 — Tric-trac échiquier en marqueterie de bois et d'os, à motifs réguliers. Italie, XVIIe siècle.

Larg., 55 cent.

99 — Petit cabinet en marqueterie de bois clair, vases de fleurs et rinceaux. XVIIe siècle.

Haut., 35 cent.; larg., 43 cent.

100 — Ceinture, forme chaînette, décorée de petits bas-reliefs, à grotesques et rinceaux. Allemagne, XVIe siècle.

Long., 85 cent.

101 — Petit vase avec couvercle simulant un hibou. Argent gravé et doré. Travail allemand, fin du XVIe siècle.

Haut., 13 cent.

102 — CALICE en argent doré, à décor de têtes de chérubins avec écusson armorié et date : *1635*. Allemagne, XVIIe siècle.

Haut., 25 cent.

103 — LÉGUMIER avec couvercle en argent, anses plates à rocailles, couvercle orné de deux rangées d'oves. Poinçons de J.-J. Prévost, adjudicataire des droits de marque, année 1765-66.

Diam., 18 cent.

104 — PETIT MIROIR rond dans un cadre en cuivre repoussé et doré, à décor de coquilles, cornes d'abondance et entrelacs. XVIIe siècle.

Haut., 20 cent., larg., 15 cent.

105 — VASE avec couvercle, formé d'une noix de coco, à monture et pied d'argent. Allemane, XVIIe siècle.

Haut., 13 cent.

TABLEAUX

HUET (J.-B.)

106 — *Oiseaux et branches fleuries.*

Deux pendants.
Signés.
Encadrés.

Panneaux. Haut., 60 cent.; larg., 45 cent.

HUET (J.-B.)

107 — *Vases de fleurs, canards, colombes et arbustes.*

Deux pendants.
Signés et datés : *1768*.

Toiles. Haut., 38 cent.; larg., 31 cent.

MIGNARD (École de)

108 — *Portrait de femme.*

Vue à mi-corps, en corsage décolleté et tenant des fleurs. Fond de paysage et draperies.

Encadré.

Haut., 92 cent.; larg., 80 cent.

PERRONNEAU

109 — *Portrait d'homme.*

En buste, vêtu d'un habit bleu, tenant son chapeau de la main gauche.

Signé et daté : *1773.*

Pastel ovale. Grand diam., 61 cent.; petit diam., 51 cent.

RIGAUD (École de)

110 — *Portrait présumé de l'acteur Verdier.*

En buste, coiffé d'une toque rouge et vêtu d'une ample draperie.

Toile ovale. Grand diam., 85 cent.; petit diam., 65 cent.

ÉCOLE ALLEMANDE

111 — *La Mise au tombeau ; la Résurrection.*

Deux pendants.

Encadrements formés de vases de fleurs, bustes de chimères, mascarons et monogrammes.

Bois. Haut., 58 cent.; larg., 38 cent.

ÉCOLE FRANÇAISE

112 — *Groupe d'Amours dans un paysage.*

Panneau décoratif en camaïeu bleu.

Toile. Haut., 1 m. 20.

ÉCOLE FRANÇAISE

113 — *Portrait de jeune femme.*

En buste, vêtue d'un corsage rouge décolleté, orné d'un bouquet de fleurs.

Haut., 39 cent.; larg., 31 cent.

ÉCOLE FRANÇAISE

114 — *Allégorie de l'Amour.*

Projet de plafond.

Panneau. Haut., 21 cent.; larg., 39 cent.

ÉCOLE FRANÇAISE

115 — *Portrait de femme.*

En buste, corsage bleu décolleté, avec draperie rose.

Cadre en bois doré.

Toile ovale. Grand diam., 75 cent.; petit diam., 62 cent.

ÉCOLE FRANÇAISE

116 — *Portrait de femme.*

En buste, vêtue d'un manteau bleu qu'elle retient de la main gauche.

Cadre en bois doré.

Toile ovale. Grand diam., 77 cent.; petit diam., 63 cent.

BRONZES — PENDULES

117 — Ciboire en cuivre doré, à décor de nervures en spirales. xvie siècle.

Haut., 29 cent.

118 — Ciboire en cuivre et argent, formé d'un calice à nœud orné, du xvie siècle.

Haut., 29 cent.

119 — Calice en cuivre gravé, avec parties champlevées et émaillées sur le nœud et la tige. Travail italien, xvie siècle.

Haut., 20 cent.

120 — Croix processionnelle plaquée de cuivre gravé, à décor de feuillages, avec les symboles des Évangélistes. Revers orné. xvie siècle.

Haut., 43 cent.

121 — Baiser de paix, en bronze doré : *Pietà*. Italie, xvie siècle.

Haut., 17 cent.

122 — Statuette en bronze, provenant d'un lustre : personnage debout, vêtu d'un ample manteau. xvie siècle.

Haut., 19 cent.

123 — Statuette en bronze : Sainte Femme debout, les bras croisés sur la poitrine. xvie siècle.

Haut., 28 cent.

124 — Sonnette en métal de cloche, décorée de cartouches et de branchages. Poignée ornée d'une figurine. Italie, xvie siècle.

Haut., 19 cent.

125 — Mortier en métal de cloche, orné de cariatides. Italie, xvie siècle.

Haut., 9 cent.

126 — Lustre flamand à deux rangs de lumières, en dinanderie. Il est décoré de figurines d'amours, et la tige est ornée d'une statuette de femme. xvie siècle.

Haut., 80 cent.

127 — Coffret oblong en bronze à patine brune, décoré, sur les faces antérieure et postérieure, d'un mascaron placé entre deux cornes d'abondance que soutiennent des centaures sur lesquels sont assises des nymphes. Sur les faces latérales, des têtes de Méduse et des guirlandes de laurier. Le couvercle présente un mascaron au milieu d'une couronne de feuillages avec amour de chaque côté. Italie, XVIe siècle.

Haut., 7 cent.; larg., 20 cent.

128 — Deux enseignes de coiffure en bronze doré, à sujets mythologiques. Fin du XVIe siècle.

Diam., 4 cent.

129 — Enseigne de coiffure en bronze doré : Hérodiade. XVIe siècle.

Diam., 4 cent.

130 — Lampe en bronze doré, de style antique, en forme de tête de négrillon. Travail italien, fin du XVIe siècle.

Haut., 15 cent.

131 — Cage cylindrique de petite horloge de table, en bronze gravé et doré : buste et feuillages. Fin du XVIe siècle.

Haut., 5 cent.; diam., 6 cent.

132 — Petite horloge de table, en bronze doré, en forme d'édicule à quatre faces. Chacune des faces présente un bas-relief, en argent repoussé, à figure symbolique. Commencement du XVIIe siècle.

Haut., 18 cent.; larg., 12 cent.

133 — Horloge de table, en bronze gravé et doré, en forme d'édicule à quatre faces; décor de rinceaux fleuris et de figures bibliques ; têtes de chérubins aux angles de la base. Commencement du XVIIe siècle.

Haut., 25 cent.

134 — Petite horloge de table, de forme hexagone, en bronze doré. Mouvement apparent. Signée à l'intérieur : *Ferdinant Engelschalk, Prag.* Travail allemand, XVIIe siècle.

Haut., 8 cent.; larg., 11 cent.

135 — Statuette en bronze doré : Minerve debout. XVIIe siècle.

Haut., 15 cent.

136 — Fragment en bronze : Amour sur un dauphin. XVIIe siècle.

Haut., 10 cent.

137 — Instrument d'astronomie en cuivre gravé et doré, à décor de rinceaux. Allemagne, XVIIe siècle.

Larg., 10 cent.

138 — Horloge de table hexagone, en bronze gravé et doré, à mouvement apparent. Le cadran présente une chasse à l'ours. Signée : *Michael Fabian, Thorn.* Allemagne, commencement du XVIIe siècle.

Haut., 10 cent.; larg., 23 cent.

139 — Horloge en cuivre doré, à mouvement compris dans une base ovale qui supporte un griffon, appuyé sur un cartouche, contenant un cadran partiellement émaillé ; une figurine de négrillon tient en laisse le griffon. Allemagne, XVIIe siècle.

Haut., 39 cent.; grand diam., 24 cent.

140 — Bas-relief en bronze : Sainte Famille. Italie, XVIIe siècle. Encadré.

Haut., 14 cent.; larg., 11 cent.

141 — Plat à ombilic, en cuivre : rosace au centre et inscription simulée. XVIIe siècle.

Diam., 48 cent.

142 — Mascaron, tête de chérubin, provenant d'une fontaine. Bronze patiné. XVIIe siècle.

Haut., 23 cent.; larg., 34 cent.

143 — Horloge à gaine, en écaille et ébène incrustées d'étain. Garnitures en bronze ; décor de feuillages et d'entrelacs. XVIIe siècle.

Haut., 2 m. 35.

144 — Paire de bras-appliques à une lumière, en bronze doré, décorés de bustes et de groupes d'amours. Époque Louis XIV.

Haut., 30 cent.

145 — Paire de bras-appliques à deux lumières : branches contournées s'échappant d'une volute ornée d'un mascaron. Époque Régence.

Haut., 28 cent.

146 — Pendule plaquée d'écaille et ornée de cariatides, de volutes, de mascarons et de petits vases, en bronze doré. Cadran signé : *Francis Périgat*. Commencement du XVIIe siècle.

Haut., 67 cent.; larg., 35 cent.

147 — Paire d'appliques à deux lumières, en bronze doré, à gaine feuillagée et cannelée, surmontées d'un vase enguirlandé et à branches contournées. Époque Louis XVI.

Haut., 41 cent.

148 — Paire de flambeaux en bronze, en forme de vases à anses-têtes d'oiseaux. Époque Louis XVI.

Haut., 21 cent.

149 — Presse-papier formé d'un chien, en bronze doré, assis sur une base en marbre. Travail allemand.

Haut., 15 cent.

150 — Bassin en cuivre gravé, avec traces de damasquine d'argent ; décor d'inscriptions. Ancien travail persan.

Diam., 26 cent.

151 — Petit bassin en cuivre damasquiné d'argent, à décor d'inscriptions. Ancien travail persan.

Diam., 14 cent.

152 — Petit bassin en cuivre gravé, à inscriptions. Ancien travail persan.

Diam., 14 cent.

153 — Aiguière en cuivre jaune, à anse contournée et long déversoir ; panse ornée d'une palmette sur chaque côté, ainsi que d'une inscription arabe. Ancien travail arabe.

Haut., 27 cent.

154 — Chimère en ancien bronze de la Chine, avec applications de malachite, cristal de roche, grenats, etc.

Long., 12 cent.

155 — Cornet en bronze damasquiné d'argent, à décor de motifs irréguliers, avec arêtes saillantes. Ancien bronze chinois.

Haut., 32 cent.

156 — Statuette, en bronze, de danseuse japonaise; décor gravé, avec traces de dorure. Ancien travail japonais.

Haut., 29 cent.

SCULPTURES

157 — Médaillon ovale en terre cuite : buste de jeune homme, de profil. xviiie siècle.

Grand diam., 38 cent.; petit diam., 28 cent.

158 — Buste en marbre blanc, grandeur nature, de jeune femme, figurée sous les traits de Sapho. Elle tient une lyre et est vêtue d'une draperie laissant les deux seins à découvert; la tête, tournée vers l'épaule gauche, est couronnée de lauriers. Sur la lyre, un monogramme. Par *Chinard*. Signé.

Haut., 76 cent.

159 — Haut-relief sans fond en bois sculpté, peint et doré; saint personnage debout tenant une banderole. Fin du xve siècle.

Haut., 45 cent.

160 — Haut-relief sans fond, provenant d'un calvaire : Sainte Femme agenouillée, la tête levée. Bois sculpté, peint et doré. xvie siècle.

Haut., 45 cent.

161 — Frise en bois sculpté, ornée d'un écusson soutenu par deux amours dont le corps se termine en rinceaux. xvie siècle.

Haut., 24 cent.; larg., 1 m. 90.

162 — Panneau en bois sculpté, présentant sous une arcade deux bustes affrontés et des rinceaux. xvie siècle.

Haut., 1 m. 26; larg., 55 cent.

163 — Haut-relief en bois sculpté, présentant le sujet de l'Annonciation. xvie siècle.

Haut., 64 cent.; larg., 52 cent.

164 — Deux hauts-reliefs ovales, décorés chacun d'un griffon. xvie siècle.

Haut., 25 cent.; larg., 17 cent.

165 — Petit panneau en bois sculpté, orné d'un cartouche avec mascarons. xvie siècle.

Haut., 24 cent.; larg., 23 cent.

166 — Porte de meuble en chêne sculpté, ornée de grotesques avec bustes affrontés et oiseaux. xvie siècle.

Haut., 55 cent.; larg., 44 cent.

167 — Deux portes en chêne sculpté, présentant chacune, sous une arcade à jour, une statuette de saint personnage. A la partie inférieure, fenestrages gothiques et évêque en prières. Commencement du xvie siècle.

Haut., 2 m. 50; larg., 1 m. 06.

168 — Deux portes en bois ajouré et sculpté, à décor de fenestrages gothiques. Commencement du xvie siècle.

Haut., 2 m. 62; largeur totale, 1 m. 10.

169 — Petite porte en chêne sculpté, ornée de quatre panneaux à médaillons-bustes. xvie siècle.

Haut., 1 m. 08; larg., 63 cent.

170 — Deux portes de meubles en bois sculpté, décorées d'une cariatide au milieu de rinceaux. xvie siècle.

Haut., 82 cent.; larg., 30 cent.

171 — Porte en bois sculpté, décorée de six bandes à motifs réguliers, séparées par des encadrements à entrelacs. Fin du xvie siècle.

Haut., 1 m. 90; larg., 80 cent.

172 — Coffret en bois sculpté en bas-relief, à décor d'entrelacs, avec médaillon en marbre. Couvercle bombé. xviie siècle.

Haut., 55 cent.; larg., 58 cent.

173 — Groupe en bois sculpté : la Vierge debout, vêtue d'une ample draperie et tenant, du bras gauche, l'Enfant Jésus. xviie siècle.

Haut., 25 cent.

174 — Statuette en bois sculpté : personnage debout, vêtu d'une tunique et d'un manteau à pèlerine. xviie siècle.

Haut., 28 cent.

175 — Support-applique en bois sculpté et doré, à rinceaux feuillagés et tête d'homme barbu ailé. xviie siècle.

Haut., 42 cent.; larg., 35 cent.

SIÈGES

176 — Chaire en bois sculpté, décorée, sur le dossier, d'un mascaron au milieu d'une couronne de fruits, surmontée de branches de laurier. A la couronne est suspendu un cartouche

contenant une tête de taureau. De chaque côté, un balustre cannelé supportant un buste humain. Les bras, soutenus par des volutes et des balustres, se terminent en têtes de lions. Le siège, formant coffre, est orné d'entrelacs. Travail lyonnais, XVIe siècle.

Haut., 2 mètres; larg., 70 cent.

Citée dans le *Meuble* de A. de Champeaux.

177 — Chaire en bois sculpté, décorée, sur le dossier, de deux chimères supportant un fronton et placées au milieu de branchages; sur chaque côté, un montant à cariatides. Le siège est orné de palmettes et les bras feuillagés se terminent en têtes de béliers et sont reliés aux pieds-griffes par un corps d'animal chimérique. Travail lyonnais, XVIe siècle.

Haut., 1 m. 90; larg., 65 cent.

Reproduite dans le *Meuble* de A. de Champeaux et le *Dictionnaire* de H. Havard.

178 — Deux caqueteuses en bois sculpté, palmettes et entrelacs sur le dossier; entrelacs également autour du siège. En partie de la fin du XVIe siècle.

Larg., 65 cent.

Reproduites dans le *Meuble* de A. de Champeaux et le *Dictionnaire* de H. Havard.

179 — Fauteuil en bois sculpté, avec incrustations de bois noir et de pâte blanche. Dossier découpé avec montant au centre. Bras terminés par des têtes de béliers. En partie du XVIe siècle.

Larg., 63 cent.

180 — Fauteuil en bois sculpté, avec incrustations de bois noir et de filets de bois clair. Dossier à double arcade et fronton armorié. Siège orné d'un cul-de-lampe à mascaron. En partie du xvie siècle.

Larg., 56 cent.

181 — Fauteuil en bois sculpté, avec incrustations de bois noir et de marbre. Dossier décoré de rosaces et palmettes. En partie de la fin du xvie siècle.

Larg., 56 cent.

182 — Fauteuil en bois sculpté, à feuillages, couvert en tapisserie au point, à fond blanc et dessin d'oiseaux. xviie siècle.

Larg., 60 cent.

183 — Six fauteuils en bois sculpté, à dossiers rectangulaires ; traverses et bras tors terminés en têtes de lions. xviie siècle.

Larg., 56 cent.

184 — Fauteuil à dossier carré, en bois sculpté, à décor de feuillages. Piètement à traverses. Il est couvert de tapisserie au point. xviie siècle.

Larg., 68 cent.

185 — Fauteuil en bois sculpté, à petites feuilles, couvert en tapisserie au point, à personnages sur fond noir. xviie siècle.

Larg., 65 cent.

186 — Fauteuil et trois chaises en bois sculpté et marqueterie de bois de couleurs, à décor de rinceaux ; traverses du dossier et des pieds à bordures découpées. xviie siècle.

Larg., 50 cent.

187 — Deux fauteuils cannés, en bois sculpté, à feuillages, palmettes et quadrillés. Époque Régence.

Larg., 64 cent.

188 — Deux chaises cannées, en bois sculpté, à quadrillés et rocailles avec croisillon d'entre-jambes. Époque Régence.

Larg., 45 cent.

189 — Fauteuil en bois sculpté, décoré de rocailles et de feuillages. Époque Louis XV. Il est couvert de soie.

Larg., 71 cent.

190 — Tabouret oblong, en bois sculpté à rocailles. Époque Louis XV. Il est recouvert de soie.

Larg., 55 cent.

191 — Canapé en bois sculpté, de forme contournée, à décor de moulures et feuillages. Époque Louis XV. Il est recouvert en velours ciselé rouge.

Larg., 2 m. 15.

192 — Canapé à joues, en bois sculpté à rocailles. Époque Louis XV. Il est recouvert de velours ciselé rouge.

Larg., 1 m. 93.

193 — Huit fauteuils pouvant accompagner le canapé précédent, mais couverts de damas. Époque Louis XV.

Larg., 68 cent.

194 — Deux fauteuils en bois peint gris, couverts en tapisserie d'Aubusson, médaillons à personnages et sujets tirés des fables de La Fontaine. Époque Louis XVI.

Larg., 63 cent.

195 — Deux fauteuils et quatre chaises en bois peint gris, couverts en tapisserie d'Aubusson, à personnages, animaux et draperies. Époque Louis XVI.

Larg., 60 cent.

MEUBLES

196 — Coffre en bois sculpté, à fenestrages gothiques et aux armes de France. Commencement du xvie siècle.

Larg., 1 m. 03.

197 — Coffre en bois sculpté, orné de quatre bustes placés au milieu de grotesques. Commencement du xvie siècle.

Haut., 68 cent.; larg., 1 m. 35.

198 — Coffre en bois sculpté, à décor de fenestrages gothiques. Commencement du xvie siècle.

Haut., 69 cent.; larg., 1 m. 15.

199 — Coffre en bois sculpté, à arcades et fenestrages gothiques, avec angelots, au milieu, tenant un écusson. Serrure à moraillon. Commencement du xvie siècle.

Haut., 77 cent.; larg., 1 m. 63.

200 — Coffre en bois sculpté, décoré, sur la façade, de six arcades, contenant des rinceaux et des grotesques surmontés de têtes de chérubins. Au centre, sous la serrure, un torse d'enfant placé sur un vase. Les côtés présentent des serviettes repliées ainsi que des poignées en fer. France, commencement du xvie siècle.

Haut., 80 cent.; larg., 2 mètres.

201 — Coffre en bois sculpté, décoré, sur la façade, de cinq arcades abritant des rinceaux et des amours, et supportées par des pilastres à entrelacs, rubans et médaillons à têtes humaines. Au-dessus de chaque pilastre, un buste d'angelot tenant les instruments de la Passion. Côtés décorés d'arcades. France, commencement du XVIe siècle.

Haut., 78 cent.; larg., 1 m. 52.

202 — Coffre en chêne sculpté, présentant un écusson armorié placé au milieu de quatre panneaux, offrant chacun un buste de personnage casqué à l'antique et se détachant sur un cartouche découpé. France, commencement du XVIe siècle.

Haut., 80 cent.; larg., 1 m. 66.

Reproduit dans la *Gazette des Beaux-Arts*, dans le *Dictionnaire* de H. Havard et dans *les Arts du Bois*, de M. de Lostalot.

203 — Coffre en bois sculpté, décoré, sur la façade, de quatre panneaux séparés par cinq pilastres engagés, et présentant des médaillons à têtes humaines au milieu de rinceaux, de feuillages et de grotesques. France, commencement du XVIe siècle.

Haut., 88 cent.; larg., 1 m. 53.

204 — Meuble en bois sculpté, à deux portes et deux tiroirs, sur base à fond plein et colonnettes cannelées. Il est composé de panneaux à entrelacs, séparés par des couples de pilastres cannelés. En partie du XVIe siècle.

Haut., 1 m. 70; larg., 1 m. 47.

205 — Table rectangulaire en bois sculpté avec incrustations de bois noir et filets de bois clair. Piètement à arcades et sept colonnettes. Culs-de-lampe à mascarons à chaque extrémité. xvie siècle.

Long., 1 m. 35 ; larg., 77 cent.

206 — Table rectangulaire en bois sculpté, à ceinture ornée de palmettes, et reposant sur un piétement à six colonnettes reliées par des traverses. xvie siècle.

Long., 1 m. 33 ; larg., 80 cent.

207 — Table rectangulaire en bois sculpté, à ceinture ornée d'oves. Piètement à larges motifs composés de volutes, entremêlés de mascarons, de palmettes et de masques chimériques, avec traverse surmontée de quatre balustres. xvie siècle.

Long., 1 m. 47 ; larg., 87 cent.

Citée dans le *Meuble*, de A. de Champeaux.

208 — Coffre en bois sculpté, décoré, sur la façade, d'un large cartouche, orné de mascarons, de rosaces, de palmettes et de guirlandes de fruits ; aux angles, des cariatides d'hommes ; sur les côtés, deux cartouches à mufles de lions. A la partie supérieure, frise présentant une inscription religieuse latine. Travail lyonnais. xvie siècle.

Haut., 97 cent. ; larg., 1 m. 48.

Cité dans le *Meuble*, de A. de Champeaux.

209-210 — Deux coffres de mariage en bois sculpté, avec incrustations en pâte blanche, munis de deux tiroirs à la partie inférieure. Les sculptures consistent en rangées de palmettes, fleurs, mascarons, cannelures et motifs irréguliers. Le décor en pâte se compose de rinceaux et arabesques. L'ornementation diffère légèrement dans ces deux meubles. Travail lyonnais, dans la manière italienne. XVIe siècle.

Haut., 99 cent.; larg., 1 m. 55.

Reproduits dans le *Dictionnaire* de H. Havard et le *Meuble* de A. de Champeaux.

211 — MEUBLE à deux corps, en bois sculpté, fermant à quatre portes et muni d'un tiroir. Incrustations de marbre. Médaillons allégoriques aux saisons, soutenus par des chimères; garnitures d'étoffe à l'intérieur. Ile de France, milieu du XVIe siècle.

Haut., 2 m. 25; larg., 1 mètre.

212 — MEUBLE en bois sculpté, avec incrustations de bois de couleurs, muni d'une porte et d'un tiroir sur la façade et de portes sur les côtés. Il présente, de chaque côté de la porte antérieure, deux colonnettes engagées et, entre elles, une niche contenant une pyramide; la porte est ornée d'une figure d'Hébé, dans un médaillon surmonté de deux génies. A la base, quatre balustres supportant le corps du meuble. Ile de France, milieu du XVIe siècle.

Haut., 1 m. 47; larg., 1 m. 15.

Cité dans le *Meuble*, par A. de Champeaux.

213 — Meuble en bois sculpté, muni de deux portes et de deux tiroirs et porté par une console à fond plein et à deux balustres ; sur les portes, le sacrifice d'Abraham et la bénédiction de Jacob par Isaac, ainsi que les figures de la Justice et de la Charité. Aux angles, des cariatides, ainsi que des palmettes et des feuillages ; sur les côtés, un motif à personnages et chimères ; sur le fond de la console, deux cartouches contenant, l'un, la date 1570, l'autre, un écusson armorié. Bourgogne, année 1570.

Haut., 1 m. 83 ; larg., 1 m. 48.

214 — Coffre en bois sculpté : le Christ et les Apôtres, debout, sous des arcades. Fin du xvie siècle.

Haut., 56 cent. ; larg., 1 m. 90.

215 — Coffre en bois sculpté, orné, sur la façade, de deux motifs d'architecture, contenant chacun une figure allégorique. Au milieu et sur chaque angle, un personnage en haut-relief. Fin du xvie siècle.

Haut., 83 cent. ; larg., 1 m. 42.

216 — Coffre en bois sculpté, orné de quatre arcades, séparées par des pilastres et abritant des vases, des dauphins, des oiseaux et des chimères. France, fin du xvie siècle.

Haut., 80 cent. ; larg., 1 m. 60.

217 — Meuble à deux corps, quatre portes et deux tiroirs, en bois sculpté, à décor de mascarons au milieu de rinceaux. Tiroirs à gros godrons, pilastres cannelés au centre et aux angles. Fin du xvie siècle.

Haut., 1 m. 85 ; larg., 1 m. 10.

218 — Meuble en bois sculpté, à deux portes et deux tiroirs et sur base à fond plein; décor de chimères, vases de fleurs et feuillages. Garnitures et serrures de fer. Fin du xvie siècle.

Haut., 1 m. 45; larg., 1 m. 47.

219 — Coffre en bois sculpté, décoré en léger relief, sur la façade, du sujet : Diane et Actéon et, sur les côtés, d'un cartouche soutenu par deux chimères. France, fin du xvie siècle.

Haut., 64 cent.; larg., 1 m. 14.

Cité dans le *Meuble* de A. de Champeaux.

220 — Meuble en bois sculpté, contenant deux petits tiroirs, fermant à deux portes et reposant sur une console à pieds balustres et fond plein. Le décor consiste en feuillages, entrelacs, palmettes et cannelures ; la façade présente trois balustres. Fin du xvie siècle.

Haut., 1 m. 54; larg., 1 m. 35.

221 — Meuble à hauteur d'appui, à deux portes, en bois sculpté. La façade offre un cartouche au milieu de rinceaux, de cuirs découpés et de têtes chimériques. De chaque côté, une cariatide. Sur les faces latérales, un large cartouche. Fin du xvie siècle.

Haut., 1 mètre; larg., 1 m. 40.

222 — Meuble à deux corps en bois sculpté, fermant à quatre portes et contenant deux tiroirs. Les portes présentent les sujets de l'Annonciation, de la Crèche et de l'Adoration des Mages. Le reste du meuble est orné

de têtes de chérubins, d'angelots, de guirlandes de fleurs, de rosaces et de feuilles. Travail lyonnais de la fin du XVIe siècle.

Haut., 2 m. 07 ; larg., 1 m. 12.

Cité dans le *Meuble*, de A. de Champeaux.

223 — MEUBLE à deux corps en bois sculpté et marqueterie de bois de couleurs, avec incrustations de marbre. Il ferme à quatre portes et contient deux tiroirs. Décor de rinceaux fleuris, avec statuettes, mascarons et mufles de lions, de chaque côté des portes. Fin du XVIe siècle.

Haut., 2 m. 35; larg., 1 m. 20.

224 — TABLE rectangulaire en bois sculpté, ornée, sur la ceinture, de palmettes et de godrons. Le piètement se compose de six arcades supportées par une traverse et venant aboutir, de chaque côté, à un large motif composé de colonnettes engagées et de chimères. École de Lyon, fin du XVIe siècle.

Long., 1 m. 49; larg., 85 cent.

Reproduite dans le *Meuble*, de A. de Champeaux et *les Styles*, de Roger-Milès.

225 — MEUBLE en bois sculpté, à deux portes, sur console à un tiroir et à fond plein. Décor de guerriers, de trophées d'armes et de cariatides; divinités marines sur le tiroir. Pieds à cariatides adossées. Travail bourguignon de la fin du XVIe siècle.

Haut., 1 m. 77; larg., 1 m. 33.

226 — Meuble à deux corps, quatre portes et quatre tiroirs, en bois sculpté, décoré de motifs rayonnants ovales au milieu d'entrelacs, et de six colonnettes engagées et cannelées. Fin du XVIe siècle.

Haut., 2 m. 10 ; larg., 1 m. 13.

227 — Table rectangulaire en bois sculpté ; piètement à arcades et balustres cannelés, aboutissant, à chaque extrémité, à un large motif, décoré de trophées d'armes avec chimères. Fin du XVIe siècle.

Long., 1 m. 72 ; larg., 90 cent.

228 — Meuble à deux corps, quatre portes et deux tiroirs, à décor de rinceaux avec gros godrons sur les tiroirs, trois cariatides sur la façade du corps supérieur, et trois pilastres sur celle du corps inférieur. Fin du XVIe siècle.

Haut., 1 m. 96 ; larg., 1 m. 05.

229 — Coffre en bois sculpté, orné de cinq arcades abritant chacune un personnage. Commencement du XVIIe siècle.

Haut., 82 cent. ; larg., 1 m. 65.

230 — Petite table rectangulaire en bois sculpté : piètement orné d'oiseaux fantastiques, avec écusson armorié entre eux. Commencement du XVIIe siècle.

Long., 90 cent. ; larg., 60 cent.

231 — Cabinet en ébène incrustée d'ivoire, à décor de figures allégoriques et mythologiques, ainsi que de nombreux oiseaux variés. Il contient plusieurs tiroirs et est muni de trois portes. XVIIe siècle.

Haut., 53 cent. ; larg., 1 m. 05.

232 — Miroir de forme contournée, dans un cadre en bois sculpté et doré, à mascarons et chimères ailées. xviie siècle.

Haut., 78 cent.; larg., 51 cent.

233 — Table en marqueterie de bois de couleurs, à quadrillés et dés. Dessus en laque de Hollande. xviiie siècle.

Larg., 89 cent.

ÉTOFFES — TAPISSERIES

234 — Panneau peint sur soie : vase de fleurs, oiseaux, guirlandes et médaillons.

Haut., 1 m. 56 ; larg., 58 cent.

235 — Petit panneau, présentant un évêque debout, en broderie de soies de couleurs. xviie siècle.

Haut., 85 cent.

236 — Six napperons, guipure et fils tirés. xviie siècle.

237 — Garniture de lit en coton brodé, à fleurs. xviie siècle.

238 — Napperon en fils tirés et guipure. xviie siècle.

239 — Fond de lit en guipure. xviie siècle.

240 — Escarcelle en velours noir, avec garnitures de bronze doré à torsade du xviie siècle.

Haut., 24 cent.; larg., 23 cent.

241 — Escarcelle en satin brodé, munie d'une monture en bronze doré, à figurine, du commencement du XVIIe siècle.

Haut., 20 cent.; larg., 14 cent.

242 — Escarcelle en velours rouge, munie d'une monture en argent doré, du commencement du XVIIe siècle, à figures, mascarons et guirlandes de fruits.

Haut., 21 cent.; larg., 21 cent.

243 — Cinq pièces pour sièges en tapisserie au petit point : sujets mythologiques. XVIIIe siècle.

Haut., 75 cent.; larg., 70 cent.

244 — Siège et dossier en tapisserie au point : médaillons sur fond blanc. Époque Louis XVI.

Larg., 65 cent.

245 — Tapisserie rectangulaire flamande, présentant le sujet : le Christ et la Samaritaine. Composition de cinq personnages, sur fond de paysage avec habitations. Bordure de branchages fleuris. Commencement du XVIe siècle.

Haut., 2 m. 90 : larg., 1 m. 80.

246 — Grande tapisserie rectangulaire flamande, présentant le sujet de la Descente d'Énée aux Enfers sous la conduite de la Sibylle. Composition de nombreux personnages, tels que Charon, Minos, Didon, Procris, etc., avec légendes latines. Fond de paysage mon-

tagneux, au milieu duquel serpente le Styx et où sont délimités les divers cercles de l'Enfer. Bordure de vases de fruits et fleurs, aux armes des Montmorency. Commencement du XVIe siècle.

Haut., 4 m. 50; larg., 6 m. 40.

247 — TAPISSERIE FLAMANDE présentant le sujet de la Résurrection; sur la bordure, des fleurs et des fruits, avec les Évangélistes aux angles. XVIe siècle.

Haut., 2 m. 70; larg., 2 m. 40.

248 — FRAGMENT DE TAPISSERIE FLAMANDE présentant trois personnages dans la campagne. Bordure, haut et bas, à décor d'animaux et fruits, sur fond jaune. XVIIe siècle.

Haut., 3 m. 10; larg., 1 m. 80.

249 — GRANDE TAPISSERIE de Bruxelles, présentant le Triomphe d'Amphitrite, une nymphe surprise par des satyres et l'Olympe. Époque Louis XV.

Haut., 3 mètres; larg., 5 m. 15.

www.ingramcontent.com/pod-product-compliance
Ingram Content Group UK Ltd.
Pitfield, Milton Keynes, MK11 3LW, UK
UKHW021817190726
13853UKWH00003B/1035